The 1803 Series WORKBOOK Grades 3-5

For books 1 and 2

By

Berwick Augustin

Published by Evoke180 Publishers
Lauderhill, Florida
www.evoke180.com

Printed in the United States of America

Translated by Evoke180 LLC
ISBN-13: 978-0-9991822-5-3

Berwick "Underscore" Augustin is a writer and educator whose work can be described as a sponge that has been soaked with a strong blend of culture and spirituality. He is the founder of Evoke180 LLC, a literary movement that uses poetry and theater to fuse the arts and multiculturalism into well-blended body of works to edify the international community.

Berwick Augustin is available for lectures, readings, live performances, and writing workshops. For more information regarding his availability, please visit www.evoke180.com or call 786-273-5115

3rd Grade (1803-THE HAITIAN FLAG)

Key Ideas and Details

Remind students that the topic is what the paragraph is about. The main idea is what the author is saying about the topic and key details support the main idea.

This question has two parts. Answer Part A. Then answer Part B.

Part A

1. What is the main idea of "1803-The Haitian Flag?"
   - Ⓐ The history and celebration of the Haitian flag.
   - Ⓑ The Haitian flag was sewn together by Catherin Flon.
   - Ⓒ The Haitian flag is red and blue.
   - Ⓓ Haiti is the first free black republic in the world.

Part B

Which sentence from the passage **best** supports your answer?
- Ⓐ "Wow, I didn't know the Haitian flag had so much meaning."
- Ⓑ "The blue is the union of the black and Mulatto Haitians."
- Ⓒ "Celebrating the Haitian flag also means celebrating the culture and traditions of Haiti."
- Ⓓ "The Coat of Arms was designed by Haiti's president Alexandre Petion in 1806."

2. Reread page 10. Retell key details that show how Haiti was able to end slavery.

____

____

____

____

Craft and Structure

1. Where in the story would you tell someone to look for facts about how blacks were taken from Africa and brought to different places in the world as slaves?
   - Ⓐ Pages 3 and 4
   - Ⓑ Pages 10 and 11
   - Ⓒ Pages 8 and 9
   - Ⓓ Pages 1 and 2

2. Explain the similarities and differences between the parents and the children. First, tell how they are all similar. Then explain why the parents helped their kids changed. Finally, tell what those changes are and how they are going to help the family's history survive?

____

____

____

____

____

____

____

____

____

Integration of Knowledge

This question has two parts. Answer Part A. Then answer Part B.

Part A

1.Who designed the middle of the Haitian flag or Coat of Arms? When was it done?

Ⓐ The Coat of Arms was designed by Jean-Jacques Dessalines in 1804.
Ⓑ The Coat of Arms was designed by Alexandre Petion in 1803.
Ⓒ The Coat of Arms was designed by Catherin Flon in 1803.
Ⓓ The Coat of Arms was designed by Alexandre Petion in 1806.

Part B

Which **two** sentences from the passage **best** support your answer?

Ⓐ "The motto "L'Union Fait La Force" means there is strength in Unity."
Ⓑ The royal palm represents tropical people.
Ⓒ The rifles, cannonballs, cannon, drum, and anchor were tools used to fight.
Ⓓ "The family also talked about the middle part of the flag."
Ⓔ "The blue and red colors on the flag symbolize two different things."

2. How do the text and the illustration on page 4 help you understand the meaning of slavery?

____

____

____

____

____

3. How are the plots of "1803-The Haitian Flag" and "1803-Black Freedom" similar?

Ⓐ Both Pouchon and Liberis are excited about playing a sport.
Ⓑ Both Pouchon and Natacha learn about their culture and history.
Ⓒ Both Pouchon and Natacha show no interest about their heritage.
Ⓓ Both Pouchon and Liberis use their strengths to solve a problem.

TWAZYÈM ANE (1803- Drapo Ayisyen an)

Lide Kle ak Detay

Raple elèv yo ke sijè a eksplike paragraf la. Lide prensipal la se sa ke otè a ap di sou sijè a ak detay kle ki sipòte lide prensipal la.

Kesyon sa a gen de pati. Reponn Pati A. Apresa reponn Pati B la.

Pati A

1. Ki sa ki lide prensipal la nan "1803-Drapo Ayisyen an?"
   Ⓐ Istwa ak selebrasyon drapo Ayisyen an.
   Ⓑ Katrin Flon te koud Drapo Ayisyen an.
   Ⓒ Koulè drapo Ayisyen an se wouj ak ble.
   Ⓓ Ayiti se premye repiblik nwa nan mond lan.

Pati B

Ki fraz ki soti nan nan pasaj la ki **pi byen** sipòte repons ou an?
Ⓐ "Mezanmi, m pat konnen ke drapo Ayisyen an te gen tout siyifikasyon sa yo non!"
Ⓑ "Koulè ble a reprezante linyon ki te fèt ant Ayisyen nwa yo ak milat yo."
Ⓒ "Lè nou selebre fèt drapo Ayisyen an, se kilti ak tradisyon Ayiti n'ap selebre."
Ⓓ "Manto zam ki nan mitan drapo a ke prezidan Alekzand Petyon te kreye nan lane 1806."

2. Reli paj 10. Rakonte detay kle ki montre kòman Ayiti te kapab fini ak esklavaj.

____
____
____
____

Atizana ak Estrikti

1. Ki kote nan istwa a ou ta di yon moun gade pou enfòmasyon sou ki jan yo te pran nwa yo nan Lafrik pote yo nan diferan kote nan mond lan kòm esklav?
   Ⓐ Paj 3 ak 4
   Ⓑ Paj 10 ak 11
   Ⓒ Paj 8 ak 9
   Ⓓ Paj 1 ak 2

2. Eksplike resanblans ak diferans ki genyen ant paran yo ak timoun yo. Prcmyèman, di ki jan yo tout menm jan. Aprè sa a, eksplike poukisa paran yo te ede timoun yo chanje. Finalman, di ki sa chanjman yo ye epi ki jan yo pral ede istwa fanmi an siviv?

____
____
____
____
____
____
____
____
____

Entegrasyon nan konesans

Kesyon sa a gen de pati. Reponn Pati A. Aprèsa reponn Pati B la.

Pati A

1. Kiyès ki te kreye mitan drapo Ayisyen an oswa amwari peyi Dayiti? Ki ane sa te fèt?

Ⓐ Jan Jak Desalin te kreye amwari peyi Dayiti nan lane 1804.
Ⓑ Alekzand Petyon te kreye amwari peyi Dayiti nan lane 1803.
Ⓒ Katrin Flon te kreye amwari peyi Dayiti nan lane 1803.
Ⓓ Alekzand Petyon te kreye amwari peyi Dayiti nan lane 1806.

Pati B

Ki **de** fraz ki soti nan pasaj la ki **pi byen** sipòte repons ou an?
Ⓐ "Deviz "L'Union Fait La Force" lan vle di nou gen plis fòs lè nou travay ansanm."
Ⓑ Pye palmis lan reprezante pèp twopikal.
Ⓒ Fizi yo, kanon ak boulèt yo, tanbou, twonpèt, ak lank la se te zouti yo te itilize pou goumen.
Ⓓ "Fanmi an tou pale sou pati ki nan mitan drapo a."
Ⓔ "koulè ble ak wouj nan drapo a senbolize de bagay diferan."

2. Ki jan tèks la ak ilistrasyon ki nan paj 4 la ede'w konprann siyifikasyon esklavaj?

____

____

____

____

____

3. Ki jan konplo nan "1803-Drapo Ayisyen" ak "1803-Libete Nwa" menm jan?

Ⓐ Tou de Pouchon ak Liberis te eksite pou jwe yon espò.
Ⓑ Tou de Pouchon ak Natacha aprann sou kilti ak istwa yo.
Ⓒ Tou de Pouchon ak Natacha pat montre okenn enterè sou eritaj yo.
Ⓓ Tou de Pouchon ak Liberis itilize fòs yo pou rezoud yon pwoblèm.

Response Journal

READ, WRITE, AND REFLECT

Name:__________________________________ **Date:**_______________

What do you think causes people to treat others wrong? Have you ever treated someone poorly? Why? Has anyone ever treated you bad?

____

____

____

____

____

____

____

____

Choose one of the following responses:

*How can you illustrate the importance of having family around when people are being mean to you?

*Write a paragraph, poem, or song about the importance of family in your life.

Jounal Repons Lan

LI, EKRI, EPI REFLECHI

Non:________________________________ **Dat:**_______________

Ki sa ou panse lakòz moun trete lòt moun mal? Èske w te janm trete yon moun mal?

Poukisa? Èske gen moun ki janm trete ou mal?

Chwazi youn nan repons sa yo:

* Kijan ou ka montre enpòtans lè ou genyen fanmi bò kote w lè moun ap trete w mal?

* Ekri yon paragraf, powèm, oswa yon chan sou enpòtans fanmi nan lavi ou

3rd GRADE (1803-BLACK FREEDOM)

Key Ideas and Details

1. What is the relationship between page 5 and 8 in the story?
   - Ⓐ The pictures are in color
   - Ⓑ Comparison
   - Ⓒ Cause and effect
   - Ⓓ Introduction

2. What is the main lesson of "1803-Black Freedom"
   - Ⓐ The Haitian army is strong.
   - Ⓑ Courage can conquer anything.
   - Ⓒ Every family has issues.
   - Ⓓ Soccer is a hard sport to play.

3. Circle the letters to show the order of Pouchon's journey to making the soccer team.

	First	Next	Finally
Pouchon celebrates his accomplishment.	A	B	C
Pouchon thanks his family for supporting him.	D	E	F
Pouchon watched soccer films with Liberis.	G	H	I

Craft and Structure

1. Select **two** reasons why the author included the illustration and text on page 13?
   - Ⓐ To explain the power of the mind, hard work, and dedication
   - Ⓑ To show that kids and adults think differently
   - Ⓒ To compare the minds of males and females
   - Ⓓ To show that nothing is impossible if you believe it in your mind
   - Ⓔ To describe the how Haitian slaves used to think

2. Read the excerpt from the story.
   "Meanwhile, Natacha teases her brother with pouting faces. He remains silent. Liberis explains to everyone the reason for Pouchon's attitude."

   What do the lines above show the reader?
   - Ⓐ How Pouchon is feeling
   - Ⓑ How the siblings like to play
   - Ⓒ What the family does for fun
   - Ⓓ How Liberis likes to talk

3. What is the meaning of the word **echoes** as it used in the line below?

   "…Right now you're feeling like it's impossible to make the team" Adds Liberis. "Coralie echoes, "In 1803, the world thought it was impossible for a group of slaves to defeat Napoleon Bonaparte and the most powerful army on the planet!"
   - Ⓐ Sound
   - Ⓑ Says
   - Ⓒ Noise
   - Ⓓ Agrees

Integration of Knowledge

1. Look carefully at the illustration on page 9 showing the two hands, what does the broken chain mean?
   - Ⓐ It means when the Haitians make a fist, they can break chains.
   - Ⓑ It means chains are meant to be broken in Haiti.
   - Ⓒ It means the slaves in Haiti broke the chains of slavery to become free.
   - Ⓓ It means Neg Mawon found the key to unlock chains.

2. How are the settings of "1803-The Haitian Flag" and "1803-Black Freedom" different?
   - Ⓐ One takes place at a home, and the other takes place in a gym.
   - Ⓑ One takes place at an elementary school, and the other takes place at a high school.
   - Ⓒ One takes place at a home, and the other takes place at a school.
   - Ⓓ One takes place at a park, and the other takes place on a battle field.

3. In the picture on page 18, how does Capois most likely feel?
   Write your answer on the lines below.

TWAZYÈM ANE (1803- Libète Nwa)

Lide Kle ak Detay

1. Ki relasyon ki genyen ant paj 5 ak 8 nan istwa a?
   - Ⓐ Foto yo an koulè
   - Ⓑ Konparezon
   - Ⓒ Kòz ak efè
   - Ⓓ Entwodiksyon

2. Ki sa ki leson prensipal la nan "1803-Libète Nwa"?
   - Ⓐ Lame Ayisyen an fò.
   - Ⓑ Kouraj ka konkeri nenpòt bagay.
   - Ⓒ Chak fanmi gen pwoblèm.
   - Ⓓ Foutbòl se yon espò ki difisil pou jwe.

3. Ansèkle lèt yo pou montre lòd vwayaj Pouchon fè pou l resi fè pati nan ekip foutbòl la.

	Premye	Apre	Finalman
Pouchon selebre akonplisman l' yo.	A	B	C
Pouchon remèsye fanmi li pou sipò yo.	D	E	F
Pouchon te gade fim foubòl ak Liberis.	G	H	I

Atizana ak Estrikti

1. Chwazi **de** rezon otè a enkli ilistrasyon an ak tèks nan paj 13?
   - Ⓐ Pou eksplike pwisans ki genyen nan lide, travay di, ak devouman
   - Ⓑ Pou montre timoun ak granmoun panse yon fason diferan
   - Ⓒ Pou konpare lespri gason ak fi
   - Ⓓ Pou montre ke pa gen anyen ki enposib si ou kwè ke li nan tèt ou
   - Ⓔ Pou dekri kijan esklav Ayisyen yo te konn panse

2. Li èkse ki soti nan istwa a.

   "Pandan se tan, Natacha ap fè frè'l la grimas ak figi'l. Li rete an silans. Liberis eksplike a tout moun rezon ki fè Pouchon tris."

   Ki sa liy ki anlè yo montre lektè a?

   - Ⓐ Kijan Pouchon santi li
   - Ⓑ Kijan frè ak sè renmen jwe
   - Ⓒ Kisa fanmi an fè pou plezi
   - Ⓓ Kijan Liberis renmen pale

3. Kisa mo **repete** vle di jan li itilize nan liy ki anba a?

   "…Kounye a ou santi tankou li enposib pou rantre nan ekip la," Liberis ajoute. Korali **repete** byen fò, "Nan 1803, le mond antye te panse li te enposib pou yon gwoup esklav defèt Napoleon Bonaparte ak lame ki te pi pwisan sou planèt la!"

   - Ⓐ Son
   - Ⓑ Di
   - Ⓒ Bri
   - Ⓓ Dakò

Entegrasyon nan Konesans

1. Gade ak anpil atansyon ilistrasyon ki nan paj 9 la ki montre de men yo, kisa chènn kase a vle di?
   - Ⓐ Sa vle di lè Ayisyen yo fè yon pwen, yo ka kraze chènn.
   - Ⓑ Sa vle di ke chènn yo dwe kase an Ayiti.
   - Ⓒ Sa vle di esklav yo an Ayiti te kase chènn esklavaj yo pou yo te lib.
   - Ⓓ Sa vle di Neg Mawon te jwenn kle pou deklete chènn.

2. Kòman anviwònman "1803-Drapo Ayisyen an" ak "1803-Libète Nwa" diferan?
   - Ⓐ Youn pran plas nan yon kay, lòt la pran plas nan yon jimnaziòm.
   - Ⓑ Youn pran plas nan yon lekòl primè, lòt la pran plas nan yon lekòl segondè.
   - Ⓒ Youn pran plas nan yon kay, lòt la pran plas nan yon lekòl.
   - Ⓓ Youn pran plas nan yon pak, lòt la pran plas sou yon chan batay.

3. Nan foto a nan paj 18, ki jan ou panse Kapwa santi li?
   Ekri repons ou sou liy ki anba yo.

____
____
____
____
____
____
____
____
____
____
____

Response Journal

READ, WRITE, AND REFLECT

Name:____________________________________ Date:_________________

Think of a time when you or someone you know was able to obtain the victory over something? What did it take for that victory to be won? What was done? How did it feel?

Choose one of the following responses:
*What do you think are the three most important skills needed to be a champion? Illustrate those three skills.
*Write a paragraph, poem, or song about what it takes to be the best at something.

(3rd Grade) 1803-Black Freedom: Student Journal Response to Page 9

Jounal Repons lan

LI, EKRI, EPI REFLECHI

Non:__________________________________ **Dat:**_______________

Panse a yon tan lè ou oswa yon moun ou konnen te jwenn viktwa sou yon bagay?
Ki sa li te pran pou te genyen viktwa sa a? Ki sa ki te fè? Kijan ou te santi w?

<u>Chwazi youn nan repons sa yo:</u>

* Ki sa ou panse ki twa ladrès ki pi enpòtan epi nesesè pou yon moun chanpyon? Ilistre twa ladrès sa yo.

* Ekri yon paragraf, powèm, oswa chan sou sa ki esansyèl pou kapab pi fò nan yon bagay.

(3yèm Ane) 1803-Libète Nwa: Repons Jounal elèv yo pou Paj 9

Key Ideas and Details

1. In the beginning of the story, why is Pouchon not excited about the Haitian Flag Day celebration?

   Ⓐ His teacher did not include him in the Haitian Flag Day show.
   Ⓑ Pouchon did not understand why celebrating the Haitian Flag was so important.
   Ⓒ Pouchon did not have a good outfit to wear to the celebration.
   Ⓓ Pouchon was not happy about how the Africans were taken as slaves.

2. Which detail could best be left out of a retelling of the story?

   Ⓐ The school is going to celebrate Haitian Flag Day on May 18th.
   Ⓑ Everything on the Haitian flag mean something important.
   Ⓒ Jean-Jacques Dessalines created the flag.
   Ⓓ Black slaves were taken to different places across the world.

3. What evidence shows the siblings are proud of their culture?

   Ⓐ They recognized how important it is to learn about who they are.
   Ⓑ They ran to the house with great news to share.
   Ⓒ They learned that families were separated to work on farms.
   Ⓓ They learned the meaning of Mulattos.

Craft and Structure

1. Read the sentences from the text on the left. Then match each underlined word in each sentence to its closest definition on the right. Two definitions have no matches.

They <u>assisted</u> different places in South America and helped the United States fight for their independence...	To make or draw
	Looked interesting
The Coat of Arms, which was <u>designed</u> by Haiti's president Alexandre Petion in 1806.	Helped someone
	Moving forward

2. Consider this short poem of "1803-The Haitian Flag"

Haiti by Berwick Augustin
A father's pride
Mixed with regret inside
Determined to continue the legacy
Of his country's rich history
The blood, the sweat, the tears
The sacrifices and victories over the years.

What do readers learn about Liberis in this short poem version of the story?
Ⓐ Liberis is sad about something.
Ⓑ Liberis is excited about sharing Haiti's history.
Ⓒ Liberis is a stubborn man.
Ⓓ Liberis loves to tell stories.

3. What added information might the reader have if "1803-The Haitian Flag" was told from the same point of view as the short poem?

Ⓐ More about the plot of the story
Ⓑ More about the setting of the story
Ⓒ More about the history of the flag
Ⓓ More about the thoughts and feelings of the characters

Integration of Knowledge

1. Describe one type of information that appears in both the picture and the text on page 10?

____
____
____
____
____
____
____

2. Select two sentences that support the point that the Haitian flag has a lot of meaning?

Ⓐ The royal palm represents the central column that supports the people's freedom.
Ⓑ The blue is the union of the black and Mulatto Haitians.
Ⓒ A lot of slaves died.
Ⓓ Catherine Flon sewed the first Haitian flag.
Ⓔ Haitian Creole language and Konpa music.

3. Using information from the short poem and the story, describe how the difficult times have affected the Haitian people.

Katriyèm Ane (1803-Drapo Ayisyen An)

Lide Kle ak Detay

1. Nan kòmansman istwa a, poukisa Pouchon pa eksite pou selebrasyon jou drapo Ayisyen an?

Ⓐ Pwofesè li pa t 'mete l' nan evènman Fèt Drapo Ayisyen an.
Ⓑ Pouchon pa te konprann poukisa selebre drapo Ayisyen an te enpòtan konsa.
Ⓒ Pouchon pa t 'gen yon bon abiyman pou l te mete pou ale nan selebrasyon an.
Ⓓ Pouchon pa t kontan pou jan yo te pran Afriken kòm esklav.

2. Ki detay ki ta ka elimine nan rakonte istwa a?

Ⓐ Lekòl la pral selebre Jou Drapo Ayisyen an 18 Me.
Ⓑ Tout bagay sou drapo Ayisyen an siyifi yon bagay enpòtan.
Ⓒ Jan Jak Desalin te kreye drapo a.
Ⓓ Esklav nwa yo te transpòte nan diferan kote atravè mond lan.

3. Ki prèv ki montre frè ak sè yo fyè kilti yo?

Ⓐ Yo rekonèt jan li enpòtan pou aprann kiyès yo ye.
Ⓑ Yo kouri al nan kay la avèk gwo nouvèl pou pataje.
Ⓒ Yo te aprann ke fanmi yo te separe pou travay nan jaden.
Ⓓ Yo te aprann siyifikasyon Milat.

Atizana ak Estrikti

1. Li fraz ki nan tèks sou bò gòch la. Aprè sa a, detèmine chak mo souliye nan chak fraz ki koresponn ak definisyon ki pi pre li sou bò dwat la. De definisyon pap koresponn ak okenn mo.

Yo asiste diferan kote nan Amerik di Sid epi yo te ede Etazini goumen pou endepandans yo.
Amwari peyi Dayiti, Aleksand Petyon te konstwi nan 1806 lan.

Pou fè oswa trase
Te sanble li te enteresan
Te ede yon moun
Avanse

2. Konsidere powèm kout sou "1803-Drapo Ayisyen an"

Ayiti *Berwick Augustin*

Fyète yon papa
Melanje ak regrèt
Detèmine pou kontinye eritaj
Istwa rich nan peyi l 'la
San, swe, dlo nan je
Sakrifis ak viktwa nan tout ane yo.

Kisa lektè aprann sou Liberis nan vèsyon powèm kout sa a?

Ⓐ Liberis tris pou yon bagay.
Ⓑ Liberis eksite pou l' pataje istwa Ayiti a.
Ⓒ Liberis se yon gason tèt di.
Ⓓ Liberis renmen rakonte istwa.

3. Ki enfòmasyon anplis lektè a te ka genyen si "1803-Drapo Ayisyen an" te rakonte nan menm pwen vi kòm powèm kout la?

Ⓐ Plis enfòmasyon sou konplo nan istwa a
Ⓑ Plis enfòmasyon sou anviwònman nan istwa a
Ⓒ Plis enfòmasyon sou istwa drapo a
Ⓓ Plis enfòmasyon sou panse ak santiman karaktè yo

Entegrasyon nan Konesans

1. Dekri yon kalite enfòmasyon ki parèt nan tou de foto a ak tèks la nan paj 10?

____
____
____
____
____
____
____
____
____
____

2. Chwazi de fraz ki sipòte pwen ke drapo Ayisyen an gen anpil siyifikasyon?

Ⓐ Pye palmis la reprezante kolòn santral la ki sipòte libète pèp la.
Ⓑ Koulè ble a reprezante linyon ki te fèt ant Ayisyen nwa yo ak milat yo.
Ⓒ Anpil esklav te mouri.
Ⓓ Katrin Flon te koud premye drapo Ayisyen an.
Ⓔ Lang Kreyòl Ayisyen ak mizik Konpa.

3. Sèvi ak enfòmasyon ki soti nan powèm kout la ak istwa a, dekri kijan moman difisil yo afekte pèp Ayisyen.

Response Journal

READ, WRITE, AND REFLECT

Name:____ **Date:**________________

Think of a time when you were forced to go somewhere you didn't want to go, how did you feel?

____

____

____

Imagine being permanently separated from your parents and family and taken to another country where you don't know the language or anything about the culture. As a child, how do you think that will affect you as you grow up?

____

____

____

____

____

____

____

Choose one of the following responses:

*How can you illustrate an encouragement to a kid who is separated from his/her parents?

*Write a paragraph, poem, or song to encourage a child who is separated from his/her family.

(4th Grade) 1803-The Haitian Flag: Student Journal Response to Page 7

Jounal Repons lan

LI, EKRI, EPI REFLECHI

Non:________________________________ **Dat:**______________

Panse a yon tan lè yo te fòse ou ale yon kote ou pa t 'vle ale, ki jan ou te santi ou?

Imajine yo separe'w ak paran ou ak fanmi ou pèmanan epi mennen ou nan yon lòt peyi kote ou pa konnen lang lan oswa anyen sou kilti a. Kòm yon timoun, ki jan ou panse sa a ka afekte ou pandan w ap grandi?

Chwazi youn nan repons sa yo:

* Ki jan w ka ilistre yon ankourajman pou yon timoun ki separe ak paran li?
* Ekri yon paragraf, yon powèm, oswa yon chan pou ankouraje yon timoun ki separe ak fanmi li.

(4yèm Ane) 1803-Drapo Ayisyen An: Repons Jounal elèv yo pou Paj 7

Key Ideas and Details

1. The following question has two parts. First, answer Part A. Then, answer Part B.

Part A

In the beginning of "1803-Black Freedom," how does Pouchon seem to feel about his tryout?

Ⓐ He seems happy
Ⓑ He seems excited
Ⓒ He seems discouraged
Ⓓ He seems neutral

Part B

Select two sentences that best support the answer in Part A.

Ⓐ "I'll never make the soccer team."
Ⓑ "You can do and be anything you put your mind to."
Ⓒ "The world thought it was impossible for a group of slaves to defeat Napoleon Bonaparte."
Ⓓ "They are bigger, faster, and stronger than I am."
Ⓔ "Battle of Vertieres was the last battle Haiti fought against the French army in 1803."

2. The sentence below states a main idea of the passage.

"Soccer or any sport you play is 90% mental preparation and only 10% physical." (page 12)

What details from the passage support this main idea?

____
____
____
____
____
____
____
____
____
____
____
____

Craft and Structure

1. What is the meaning of the word disciplined as it used in this sentence?
   "She is warned that if she does it again, she will be disciplined." (page 8)
   Ⓐ treated
   Ⓑ celebrated
   Ⓒ punished
   Ⓓ controlled

2. What is the relationship between the following sentences?

   "Daddy didn't you see the kids who signed up for the tryouts today!? They are bigger, faster, and stronger than I am."

   "Haiti was overpowered and outnumbered by the French Army."

   Ⓐ The sentences describe cause and effect.
   Ⓑ The sentences compare two events.
   Ⓒ The sentences contrast two events.
   Ⓓ The sentences describe chronological order.

3. What is different about the kind of information given in "1803-Black Freedom" and "1803-The Haitian Flag?"
   Ⓐ Only "1803-The Haitian Flag" shares Haitian independence facts.
   Ⓑ Only "1803-The Haitian Flag" describes Francois Capois.
   Ⓒ Only "1803-Black Freedom" offers cultural information about Haiti.
   Ⓓ Only "1803-Black Freedom" chronicles Haiti's last battle before gaining independence.

Integration of Knowledge

1. How does the picture on page 19 help the reader understand Liberis' impact on his son?
   Ⓐ It makes it clear how his love for soccer influenced his son.
   Ⓑ It shows how his support encouraged his son.
   Ⓒ It tells the beautiful bond between a father and son.
   Ⓓ It shows that Pouchon loves to play soccer with his dad.

2. What evidence does the author give to show that both parents know about The Battle of Vertieres?
   Ⓐ They both were alive during Haiti's revolution.
   Ⓑ They both shared facts about Francois Capois
   Ⓒ They both went to school in Haiti.
   Ⓓ They both shared facts about Haiti's impossible victory over the French army in 1803.

3. What theme do both "1803-Black Freedom" and "1803-The Haitian Flag" express?
   Ⓐ It is better to work hard than to pout.
   Ⓑ A child's education, culture, and traditions start in school.
   Ⓒ A child's education, culture, and traditions start at home.
   Ⓓ Bigger don't always mean better.

Lide Kle ak Detay

1. Kesyon ki anba la a gen de pati. Premyèman, reponn Pati A. Aprè sa a, reponn Pati B.

   Pati A
   Nan kòmansman "1803-Libète Nwa," ki jan Pouchon sanble li santi l ak rega odisyon an?

   Ⓐ Li sanble li kontan
   Ⓑ Li sanble li eksite
   Ⓒ Li sanble li dekouraje
   Ⓓ Li sanble li net

   Pati B
   Chwazi de fraz ki pi byen sipòte repons Pati A.

   Ⓐ "Mwen pap janm rantre nan ekip foutbòl lan."
   Ⓑ "Ou ka fè e vini nenpòt bagay ou mete lide ou li."
   Ⓒ "Mond lan te panse li te enposib pou yon gwoup esklav defèt Napoleon Bonaparte."
   Ⓓ "Yo pi gwo, pi vit, e pi fò pase mwen."
   Ⓔ "Batay Vètyè te dènye batay Ayiti goumen kont lame Fransè nan 1803."

2. Fraz ki anba a deklare yon lide prensipal pasaj la.

   "Foutbòl oswa nenpòt espò ou jwe se 90% preparasyon mantal ak sèlman 10% fizik." (paj 12)

   Ki detay nan pasaj la ki sipòte lide prensipal sa a?

Atizana ak Estrikti

1. Ki siyifikasyon mo disiplin jan li itilize nan fraz sa a?
   "Li avèti ke si li fè l 'ankò, li pral anba disiplin." (paj 8)
   - Ⓐ trete
   - Ⓑ selebre
   - Ⓒ pini
   - Ⓓ kontwole

2. Ki relasyon ki genyen ant fraz annapre yo?

   "Papa, ou pa t wè timoun yo ki te siyen pou rantre nan ekip la jodi a!? Yo pi gwo, pi vit, e pi fò pase mwen."

   "Ayiti te kwaze ak yon lame Fransè ki te gen plis solda avèk plis fòs."

   - Ⓐ Fraz yo dekri kòz ak efè.
   - Ⓑ Fraz yo konpare de evènman.
   - Ⓒ Fraz yo kontras de evènman.
   - Ⓓ Fraz yo dekri lòd kwonolojik.

3. Ki sa ki diferan sou ki kalite enfòmasyon yo bay nan "1803-Libète Nwa" ak "1803-Drapo Ayisyen an?"

   - Ⓐ Se sèlman "1803-Drapo Ayisyen an" ki pataje enfòmasyon sou endepandans Ayisyen.
   - Ⓑ Se sèlman "1803-Drapo Ayisyen an" ki dekri Franswa Kapwa
   - Ⓒ Se sèlman "1803-Libète Nwa" ki ofri enfòmasyon kiltirèl sou Ayiti
   - Ⓓ Se sèlman "1803-Libète Nwa" ki rakonte dènye batay Ayiti te goumen anvan li te gen endepandans li.

Entegrasyon nan Konesans

1. Ki jan foto ki nan paj 19 la ede lektè a konprann enpak liberis sou pitit gason l'?
   - Ⓐ Li fè konnen ki jan lanmou li pou foutbòl te enfliyanse pitit gason l lan.
   - Ⓑ Li montre ki jan sipò l 'ankouraje pitit gason l'.
   - Ⓒ Li montre bon relasyon ant papa ak pitit gason.
   - Ⓓ Li montre ke Pouchon renmen jwe foutbòl ak papa l'.

2. Ki sa ki prèv otè a bay pou montre ke toulède paran yo gen konesans sou Batay Vètyè?
   - Ⓐ Yo toulède te vivan pandan revolisyon Ayiti.
   - Ⓑ Yo toulède de pataje enfòmasyon sou Franswa Kapwa.
   - Ⓒ Yo toulède te ale lekòl an Ayiti.
   - Ⓓ Yo toulède te pataje enfòmasyon sou viktwa enposib Ayiti sou lame Fransè a an 1803.

3. Ki tèm tou de "1803-Libète Nwa" ak "1803-Drapo Ayisyen an" eksprime?
   - Ⓐ Li pi bon pou ou travay di pase ou plenyen.
   - Ⓑ Edikasyon yon timoun, kilti, ak tradisyon kòmanse nan lekòl la.
   - Ⓒ Edikasyon yon timoun, kilti, ak tradisyon kòmanse lakay li.
   - Ⓓ Pi gwo pa toujou vle di pi byen.

Response Journal

READ, WRITE, AND REFLECT

Name:_________________________________ **Date:**_______________

The story mentions Haiti was overpowered and outnumbered by the French army, but they came up with a smart plan to win the battle and earned the right to be the first free black republic in the world. Is there something in your life that seems impossible to accomplish? If so, what is it? If not, is there someone you know who's facing an impossible task?

____

____

____

Outline a smart plan to do the impossible

Task	Ideas/notes
What is the impossible task?	
What do you think is needed to accomplish the task?	
Are there people you know who can help? If so, write their names down	
How can you help them get involved?	
When will you start?	
When will you end the task to conquer the impossible?	

(4th Grade) 1803-Black Freedom: Student Journal Response to Page 10

Jounal Repons lan

LI, EKRI, EPI REFLECHI

Non:____________________________________ Dat:________________

Istwa a mansyone kijan Ayiti te kwaze ak yon lame Fransè ki te gen plis solda avèk plis fòs, men yo te vini ak yon plan entèlijan pou yo te genyen batay la epi pran endepandans yo kòm premye repiblik nwa ki libere nan mond lan. Èske gen yon bagay nan lavi ou ki sanble enposib pou akonpli? Si se konsa, ki sa li ye? Si se pa sa, èske gen yon moun ou konnen ki ap fè fas ak yon traka enposib?

____

____

____

____

Fè yon plan entelijan pou simonte sa ki enposib

Travay	Lide/Nòt
Ki sa ki travay enposib la?	
Ki sa ou panse ki nesesè pou akonpli travay la?	
Èske gen moun ou konnen ki ka ede w? Si se konsa, ekri non yo	
Kijan ou ka ede yo patisipe?	
Kilè w ap kòmanse?	
Kilè w ap fini travay la pou konkeri bagay enposib la?	

4yèm Ane (1803-Libète Nwa): Repons Jounal elèv yo pou Paj 10

5th Grade (1803-THE HAITIAN FLAG)

Key Ideas and Details

1. Underline three sentences from page 11 below that support the idea that the Haitian flag is meaningful?

The family also talked about the middle part of the flag called the Coat of Arms, which was designed by Haiti's president Alexandre Petion in 1806. The motto "L'union Fait La Force" means there is strength in unity. The royal palm represents 'Poto Mitan,' or central column that supports the people's freedom along with a blue and red cap of liberty. The rifles, cannonballs, cannons, drums, and anchor were tools they used to fight for their freedom.

2. Select two main ideas from "1803-The Haitian Flag."
   - Ⓐ Pouchon and Natacha learned about the history of the Haitian flag.
   - Ⓑ Pouchon and Natacha wore their red and blue outfits to school.
   - Ⓒ The Haitian Flag Day celebration helped Pouchon and Natacha appreciate their culture.
   - Ⓓ The Haitian Flag Day celebration helped Pouchon and Natacha bond with their parents.
   - Ⓔ The Haitian Flag is a big part of the history of black people.

3. According to "1803-The Haitian Flag," how did slavery help the creation of the Haitian flag?
   - Ⓐ A slave sewed the flag together.
   - Ⓑ The slaves wanted a flag to represent them.
   - Ⓒ The Haitian flag was created by Jean-Jacques Dessalines.
   - Ⓓ The Haitian flag was the result of the slaves' rebellion against the French army.

Craft and Structure

1. On page 11, what do the words "Strength in Unity" describe?
   - Ⓐ Better in strength
   - Ⓑ Better together
   - Ⓒ Unite when strong
   - Ⓓ Unite when ready

2. How is the structure of "1803-The Haitian Flag" similar to the structure of "1803-Black Freedom?"
   - Ⓐ Both stories compare and contrast the Haitian people and other cultures.
   - Ⓑ Both stories outlined the difficult situations of Haitian people and their presidents.
   - Ⓒ Both stories introduced the topic of Haitian culture by describing how it relates to everyday challenges faced by students of Haitian descent.
   - Ⓓ Both stories describe a problem within the Haitian community and how it was solved.

3. What purpose does the author share with the readers in writing these two stories?
   - Ⓐ To thank the ancestors for creating the Haitian culture
   - Ⓑ To persuade people to become interested in the history of Haiti
   - Ⓒ To encourage children of Haitian descent about the power and impact of knowing history
   - Ⓓ To describe the effects Haiti has had on the world

Integration of Knowledge

1. On page 7, what information does the picture contain that is not in the text?

Ⓐ Where the African slaves bathe
Ⓑ How mommy, daddy, and grandparents were born by a river in Haiti
Ⓒ One of many beautiful places and sceneries in Haiti
Ⓓ A location in Haiti where Liberis met Coralie

2. Read this quotation from page 8

"Jean-Jacques Dessalines created the flag by taking the French tricolor flag, ripped out the white center, and asked Catherine Flon, his god-daughter, to sew the blue and red bands together."

Why does the author include this information?

Ⓐ To show that Jean-Jacques Dessalines couldn't sew
Ⓑ To show how the slaves created their own freedom and got rid of their white slave masters
Ⓒ To show how a flag is supposed to be torn apart
Ⓓ To explain how Catherine Flon was related to Dessalines

3. Based on information in "1803-The Haitian Flag" and "1803-Black Freedom," which statement explains how Haitian slaves were able to earn their freedom?

Ⓐ The slaves were tired of being mistreated, so they united with everyone including the slave masters to put an end to slavery.
Ⓑ The slaves were tired of being mistreated, so they came together as one regardless of skin color to believe, prepare, and work hard at ending slavery.
Ⓒ The slaves worked extra hours for their slave masters in order to pay for their freedom.
Ⓓ The slaves worked extra hours for their slave masters; they knew slavery would end as long as they believed, prepared, and worked hard.

Senkyèm Ane (1803-Drapo Ayisyen an)

Lide Kle ak Detay

1. Souliye twa fraz ki nan paj 11 ki anba a ki sipòte lide ke drapo Ayisyen an siyifikatif?

Aprè sa, fanmi an te pale sou manto zam ki nan mitan drapo a ke prezidan Aleksand Petyon te kreye nan lane 1806. Deviz "L'Union Fait La Force" lan vle di nou gen plis fòs lè nou travay ansanm. Pye palmis lan reprezante 'Poto Mitan' pèp la, ki vle di kolòn santral ki sipòte libète pèp la ansanm ak yon bouchon libète ble e wouj ki sout tèt pye palmis lan. Fizi yo, kanon ak boulèt yo, tanbou, twonpèt, ak lank la senbolize zouti pèp Ayisyen an te itilize pou goumen pou libète yo..

2. Chwazi de ide prensipal ki soti nan "1803-Drapo Ayisyen an."
   - Ⓐ Pouchon ak Natacha te aprann enfòmasyon sou istwa drapo Ayisyen an.
   - Ⓑ Pouchon ak Natacha te abiye avèk bèl rad wouj ak ble yo pou yo ale lekòl.
   - Ⓒ Selebrasyon Jou drapo Ayisyen an te ede Pouchon ak Natacha apresye kilti yo.
   - Ⓓ Selebrasyon Jou Drapo Ayisyen an te ede relasyon Pouchon ak Natacha avèk paran yo.
   - Ⓔ Drapo Ayisyen an se yon pati esansyèl nan istwa pèp nwa.

3. Selon "1803-Drapo Ayisyen an," ki jan esklavaj te ede kreyasyon drapo Ayisyen an?
   - Ⓐ Yon esklav te koud drapo a ansanm.
   - Ⓑ Esklav yo te vle yon drapo pou reprezante yo.
   - Ⓒ Jan Jak Desalin te kreye drapo Ayisyen an.
   - Ⓓ Drapo Ayisyen an te rezilta rebelyon esklav yo kont lame Fransè a.

Atizana ak Estrikti

1. Nan paj 11, ki sa mo "fòs nan inite" dekri?
   - Ⓐ Pi bon nan fòs
   - Ⓑ Pi bon ansanm
   - Ⓒ Ini lè fò
   - Ⓓ Ini lè ou pare

2. Kouman estrikti nan "1803-drapo Ayisyen an" menm jan ak estrikti nan "1803- Libète Nwa? "
   - Ⓐ Tou de istwa yo konpare ak diferansye pèp Ayisyen ak lòt kilti.
   - Ⓑ Tou de istwa yo dekri sitiyasyon difisil ant pèp Ayisyen ak prezidan yo.
   - Ⓒ Tou de istwa yo prezante sijè kilti Ayisyen an nan yon fason ki dekri kijan elèv desandan Ayiti yo fè fas a defi komen.
   - Ⓓ Tou de istwa yo dekri yon pwoblèm nan kominote Ayisyen an ak kijan li te rezoud.

3. Ki objektif otè a pataje avèk lektè yo nan ekri de istwa sa yo?
   - Ⓐ Pou remèsye zansèt yo dèske yo te kreye kilti Ayisyen an
   - Ⓑ Pou konvenk moun yo pou yo vin enterese nan istwa Ayiti
   - Ⓒ Pou ankouraje timoun ki desandan Ayisyen sou pwisans ak enpak ki genyen nan konesans istwa
   - Ⓓ Pou dekri efè Ayiti te genyen sou mond lan

Entegrasyon nan Konesans

1. Nan paj 7, ki enfòmasyon foto a genyen ladan l' ki pa nan tèks la?

Ⓐ Ki kote esklav Afriken yo benyen
Ⓑ Ki jan manman, papa, ak granparan yo te fèt bò kote yon rivyè an Ayiti
Ⓒ Youn nan anpil kote ki gen bèl peyizaj an Ayiti
Ⓓ Yon kote an Ayiti kote Liberis te rankontre Coralie

2. Li sitasyon sa a nan paj 8

"Jan-Jak Desalin, ki te chire drapo Fransè a ki te twa koulè: Ble, Blan, Wouj. Li retire koulè blan an, epi li mande fiyèl li, Katrin Flon pou li koud koulè ble e wouj ansanm."

Poukisa otè a enkli enfòmasyon sa a?

Ⓐ Pou montre ke Jan Jak Desalin pat konn koud
Ⓑ Pou montre kijan esklav yo te kreye pwòp libète yo epi debarase yo ak mèt esklav blan yo
Ⓒ Pou montre kouman yon drapo sipoze chire
Ⓓ Pou eksplike ki jan Katrin Flon te fanmi ak Desalin

3. Baze sou enfòmasyon ki nan "1803-Drapo Ayisyen an" ak "1803-Libète Nwa," ki deklarasyon ki eksplike kijan esklav Ayisyen yo te kapab genyen libète yo?

Ⓐ Esklav yo te fatige pase mizè, kidonk yo ini ak tout moun, menm mèt esklav yo pou yo mete yon fen nan esklavaj.
Ⓑ Esklav yo te fatige pase mizè, kidonk yo te vin ansanm kòm youn kèlkeswa koulè po yo pou yo kwè, prepare, epi travay di pou fini ak esklavaj.
Ⓒ Esklav yo te travay èdtan anplis pou mèt esklav yo pou yo te ka peye pou libète yo.
Ⓓ Esklav yo te travay plis èdtan pou mèt esklav yo; yo te konnen esklavaj ta p fini depi yo te kwè, prepare, epi travay di.

Journal Response

READ, WRITE, AND REFLECT

Name:______________________________________ **Date:**__________________

Jean-Jacques Dessalines became a hero for his role as the leader of the Haitian army in 1803. What do you think it takes for someone to be a leader and a hero?

____
____
____
____
____

Think about the problems in your home, your school, and your community. Identify the one problem you think needs to be solved right now. How can you be a leader and a hero who can help bring a solution to that problem?

Choose one of the following responses:

*Illustrate your solution plan.

*Write a paragraph, poem, or song that addresses the problem and your solution.

Jounal Repons lan

LI, EKRI, EPI REFLECHI

Non:______________________________________ **Dat:**____________________

Jan Jak Desalin te vin yon ewo pou wòl li kòm lidè lame Ayisyen an nan lane 1803. Ki sa ou panse ki nesesè pou yon moun vin yon lidè ak yon ewo?

____

____

____

____

____

Reflechi sou pwoblèm lakay ou, lekòl ou a, ak kominote w la. Idantifye yon sèl pwoblèm ou panse bezwen rezoud kounye a. Ki jan w ka vin yon lidè ak yon ewo ki ka ede pote yon solisyon pou pwoblèm sa a?

Chwazi youn nan repons sa yo:

* Ilistre plan solisyon ou an.
* Ekri yon paragraf, powèm, oswa chan ki adrese pwoblèm nan ak solisyon ou.

(5yèm Ane) 1803-Drapo Ayisyen an: Repons Jounal elèv yo pou paj 8

5th Grade (1803-BLACK FREEDOM)

Key Ideas and Details

1. Which sentence from the passage states why the Battle of Vertieres was not important to Pouchon at the beginning of the story?
   - Ⓐ "Yeah, that was Haiti, but this is little Pouchon trying to make it on the school's soccer team."
   - Ⓑ "Haiti was overpowered and outnumbered by the French army."
   - Ⓒ "Dessalines ordered Francois Capois to lead Haitian soldiers to take over the last French base called Fort Vertieres."
   - Ⓓ "Did you see the kids who signed up for the tryouts today!? They are bigger, faster, and stronger than I am."

2. Which states the theme of page 7?
   - Ⓐ Family support is important in order to overcome difficult times.
   - Ⓑ Siblings are always aggravating.
   - Ⓒ Siblings tease each other as a form of motivation.
   - Ⓓ Parents are supposed to teach their children history and culture.

3. What is an important contrast in the story?
   - Ⓐ between what Liberis remembers and what Natacha does
   - Ⓑ between what Pouchon did and what his sister thinks about it
   - Ⓒ between what Liberis believes and how Pouchon responds to it
   - Ⓓ between what Pouchon feels and what his mom cooks

Craft and Structure

1. Read the following sentence from the story.
   "Capois mounted on his great horse and charged towards storms of bullets and cannons!"

   What does the author mean to express about Capois through this figurative language?
   - Ⓐ It was a storm during the battle.
   - Ⓑ Capois and his horse were feeling weak.
   - Ⓒ Capois and his horse are great and ready for battle.
   - Ⓓ Capois' bravery during the battle.

2. Which statement describes how page 10 contributes to the overall meaning of the story?
   - Ⓐ It develops the mood of the story with the illustration and text.
   - Ⓑ It explains how black freedom was won and provides visual of the battle.
   - Ⓒ It describes Liberis' passion as he recalls the historic battle.
   - Ⓓ It provides detailed information about Haiti and the French army.

3. How would the story be different if Natacha was the narrator rather than Liberis?

Integration of Knowledge

1. Which sentence **best** summarizes the illustrations in the story?

Ⓐ They show the vibrant colors of the Haitian culture.
Ⓑ They show the different shades of Haitian people.
Ⓒ They show the reader the message the author is trying to convey.
Ⓓ They show the reader the different experiences the characters went through.

2. Describe one reason the author gives to explain how the battle helped Pouchon solve his problem.

3. This question has two parts. First, answer Part A. Then, answer Part B.

Part A
How does the author supports the idea that education starts at home?
Ⓐ He provides examples of Pouchon's parents educating him about culture and character.
Ⓑ He allows most of the story's setting to take place at home.
Ⓒ He uses emotions to show family disagreements and the lessons learned from them.
Ⓓ He shows the family eating dinner together and having conversations.

Part B
Which sentence from the story best supports the answer in Part A?
Ⓐ "Liberis is excited about picking up his son from an after-school activity, but Pouchon is not as happy."
Ⓑ "Later that day, his family celebrates with soccer cupcakes and Haitian soda."
Ⓒ "You call that crazy, but Rochambeau, the leader of the French army, ordered a cease fire only to congratulate Capois for his heart and courage."
Ⓓ "In addition to cultural stories, Liberis watched soccer films with Pouchon and helped him train for two weeks."

SENKYÈM ANE (1803-Libète Nwa)

Lide Kle ak Detay

1. Ki fraz ki soti nan pasaj la ki di poukisa Batay Vètyè a pa t 'enpòtan a Pouchon nan kòmansman istwa a?
   Ⓐ "Wi, sa a se te Ayiti, men sa a se ti Pouchon k ap eseye antre nan ekip foutbòl lekòl la."
   Ⓑ "Ayiti te kwaze ak lame Fransè ki te gen plis fòs e plis solda."
   Ⓒ "Desalin te kòmande Franswa Kapwa pou li mennen sòlda Ayisyen yo pran dènye baz Fransè a yo te rele Fòt Vètyè."
   Ⓓ "Èske ou te wè timoun yo ki te siyen pou eseye jodi a!? Yo pi gwo, pi vit, e pi fò pase m."

2. Ki tèm paj 7 la?
   Ⓐ Sipò fanmi enpòtan pou simonte moman difisil yo.
   Ⓑ Frè ak sè yo toujou anmèdan.
   Ⓒ Frè ak Sè anmède youn lòt kòm motivasyon.
   Ⓓ Paran yo sipoze anseye pitit yo istwa ak kilti.

3. Ki sa ki yon kontras enpòtan nan istwa a?
   Ⓐ Ant sa Liberis sonje ak sa Natacha fè
   Ⓑ Ant sa Pouchon te fè ak sa sè l 'panse sou li
   Ⓒ Ant sa Liberis kwè ak ki jan Pouchon reponn a li
   Ⓓ Ant sa Pouchon santi ak sa manman l 'kwit

Atizana ak Estrikti

1. Li fraz sa a nan istwa a..
   "Kapwa monte sou gwo chwal li, li chaje'l nan direksyon tanpèt bal ak kanon!"

   Ki sa otè a vle eksprime sou Kapwa nan langaj figire sa a?

   Ⓐ Te genyen yon tanpèt pandan batay la.
   Ⓑ Kapwa ak chwal li yo te santi yo fèb.
   Ⓒ Kapwa ak chwal li yo te pare pou batay.
   Ⓓ Kouraj Kapwa a pandan batay la.

2. Ki deklarasyon ki dekri kijan paj 10 kontribye nan siyifikasyon jeneral istwa a?

   Ⓐ Li devlope atitid nan istwa a avèk ilistrasyon an ak tèks la.
   Ⓑ Li eksplike kijan libète nwa te genyen epi li bay vizyèl batay la.
   Ⓒ Li dekri pasyon Liberis 'menm jan li raple batay istorik la.
   Ⓓ Li bay enfòmasyon detaye sou Ayiti ak lame Fransè a.

3. Ki jan istwa a ta diferan si Natacha te oratè a olye Liberis?

Entegrasyon nan Konesans

1. Ki fraz ki pi byen rezime ilistrasyon ki nan istwa a?

Ⓐ Yo montre koulè vibran kilti Ayisyen yo.
Ⓑ Yo montre diferan koulè pèp Ayisyen.
Ⓒ Yo montre lektè a mesaj otè a ap eseye transmèt.
Ⓓ Yo montre lektè a tout eksperyans karaktè yo pase.

2. Dekri yon rezon otè a bay pou eksplike kijan batay la te ede Pouchon rezoud pwoblèm li.

3. Kesyon sa a gen de pati. Premyèman, reponn Pati A. Aprè sa a, reponn Pati B.

Pati A
Kijan otè a sipòte lide ke edikasyon kòmanse lakay?
Ⓐ Li bay egzanp kòman paran Pouchon edike l' sou kilti ak karaktè.
Ⓑ Li pèmèt pi fò anviwònman istwa a pran plas nan kay la.
Ⓒ Li itilize emosyon pou montre diskisyon ant fanmi ak leson yo aprann nan yo.
Ⓓ Li montre fanmi ap manje dine ansanm epi engage nan konvèsasyon.

Pati B
Ki fraz nan istwa a ki pi byen sipòte repons lan nan Pati A?
Ⓐ "Liberis trè kontan pou l'al pase pran pitit gason'l lan k'ap soti nan yon aktivite apre lekòl, men Pouchon pa kontan menm jan ak papa'l."
Ⓑ "Pita nan jou sa a, fanmi'l selebre ak ponmkèt e kola Ayisyen."
Ⓒ "Ou rele sa a foli, men Rochanbo, lidè nan lame Fransè a, te bay lòd pou sispann batay la pou felisite Kapwa pou kouraj li."
Ⓓ "Anplis de istwa kiltirèl yo, Liberis gade fim foutbòl ak Pouchon epi li te ede'l antrene pou de semèn."

Response Journal

READ, WRITE, AND REFLECT

Name:____ **Date:**____________________

Pouchon went from being intimidated to having a confident tone. He mentioned that "he's fast like soccer legend Pele." What do you think is the difference between confidence and arrogance? Do you believe you have either one of these traits? Why or why not?

How can confidence or arrogance hurt or help you?

Choose one of the following responses:

*Illustrate your response.

*Write a paragraph, poem, or song that addresses your response.

Jounal Repons lan

LI, EKRI, E REFLECHI

Non:____ **Dat:**____________________

Nan konmansman an Pouchon te entimide, apre sa li vinn genyen konfyans. Li mansyone ke "li kouri vit tankou lejand foutbòlè Pele." Ki diferans ou panse ki genyen ant konfyans ak awogans? Ou kwè ou gen youn nan karakteristik sa yo? Poukisa ou pa?

Kijan konfyans oswa awogans ka fè w mal oswa ede ou?

Chwazi youn nan repons sa yo:

*ilistre repons ou

* Ekri yon paragraf, yon powèm, oswa yon chan ki adrese repons ou.

(Senkyèm Ane): 1803-Libète Nwa: Repons Jounal elèv yo pou paj 11

L'UNION FAIT LA FORCE

1803 Haitian Flag Word Search

B T N M T V K T N F S W L I R
L I F R E E D O M R L T N I E
U N H Z U M N G E A A L X N D
E K A A Q E U E V N V E O D M
G L H T I K C L I C E G S E H
C E L G A T N O A E R U C P H
U C I W A C I R R T Y M H E P
L A B P F S H A F A T E O N O
T N E N R T Y A N U L O O D U
U O R Q I I H A K F Z I L E C
R N I B C I D I C H L I E N H
E S S R A P S E Q S K A Y C O
C Z D E S S A L I N E S G E N
C A T H E R I N E F L O N M D
C D E O N O J S M R M F D D F

Catherine Flon	Independence	Haitian Flag	Dessalines
Pouchon	Natacha	Mulatto	Culture
Freedom	Slavery	Coralie	Africa
Pride	Liberis	Canons	School
Legume	France	Blue	Red

1803 Series
Crossword Puzzle

Down:

1. Ability to do something in the face of pain or grief
2. Working together for a common goal
3. The state of being free from oppression
4. A feeling of deep pleasure, satisfaction, or self respect
5. A feeling of great pleasure or happiness
8. The customs, arts, social institutions, and achievements of a particular nation, people, or other social group.
9. The importance, worth, or usefulness of something

Across:

6. Honoring an important event or occasion
7. Is a loss or something you give up, usually for the sake of a better cause.
9. An act of defeating an enemy or opponent in a battle

WORD BANK

Pride	Victory
Value	Culture
Sacrifice	Celebration
Cooperation	Joy
Courage	Liberty

1803 Black Freedom Word Search

```
B Z P R K Q N A T A C H A U S
Y H E G F E A R L E S S L P O
K O L I N T I M I D A T I O N
F N E N W A B R A V E R Y W H
W O R L D C U P Q Q T S L E A
I R W G C O R A L I E O E R I
P O U C H O N Z N K W C G F T
J I M P O S S I B L E C A U I
V E R T I E R E S F P E C L A
B R O C H A M B E A U R Y M N
A E B L A C K F R E E D O M F
T R A I N I N G M Z L G K X O
T O X A R M Y I N S P I R E O
L G M X W H I S T O R Y H K D
E O C A P O I S L I B E R I S
```

Intimidation	Black Freedom	Haitian Food	Rochambeau
Impossible	Vertieres	Pouchon	Bravery
World Cup	Fearless	Inspire	Coralie
Capois	Honor	Natacha	Army
Powerful	Training	Liberis	History
Battle	Soccer	Legacy	Pele

Word Scramble

OAPSIC ____________

FGLA ____________

ITAHI ____________

RHTUAO ____________

PTCUREI ____________

LAEVS ____________

REPDI ____________

VTEEN ____________

IELSDNESSA ____________

FDEOEMR ____________

KOLA HAITI

Jean Pierre
Jeff Smith
Chang Yu
Jose Rodriguez
Mohan Foster
Pouchon Liberies

Gregg Washington
Sakosky Kalahan
Antonio Kavalhero
Roger Joseph
Neal Jhonson
Yo Kamasaky

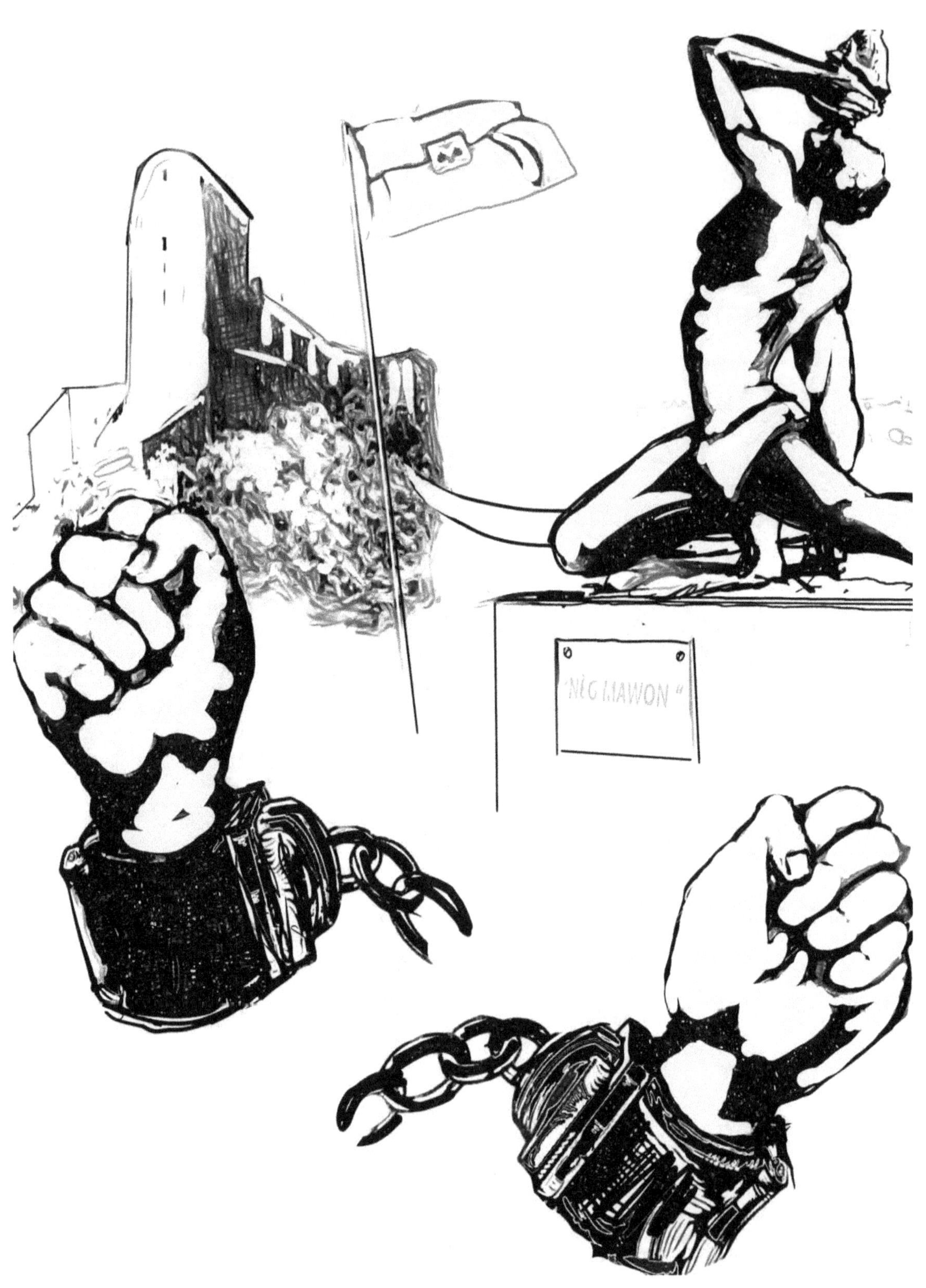
"NÈG MAWON"

www.ingramcontent.com/pod-product-compliance
Lightning Source LLC
LaVergne TN
LVHW061948220826
846091LV00013B/4093
* 9 7 8 0 9 9 9 1 8 2 2 5 3 *